푸른
시인선
015

개꿈이로소이다

이채곤 시집

푸른사상
PRUNSASANG

푸른시인선 015

개꿈이로소이다

초판 1쇄 인쇄 · 2018년 11월 25일
초판 1쇄 발행 · 2018년 11월 30일

지은이 · 이채곤
펴낸이 · 한봉숙
펴낸곳 · 푸른사상사

편집 · 지순이 | 교정 · 김수란
등록 · 1999년 7월 8일 제2−2876호
주소 · 경기도 파주시 회동길 337−16(서패동 470−6)
대표전화 · 031) 955−9111(2) | 팩시밀리 · 031) 955−9114
이메일 · prun21c@hanmail.net
홈페이지 · http://www.prun21c.com

ⓒ 이채곤, 2018

ISBN 979−11−308−1389−9　03810

값 9,500원

개꿈이로소이다

시를 쓴다는 것은 학구적인 이론이나 형식에 따른 이미지 구성이 아니다. 시란 고뇌와 고통과 절망의 체험이 언어의 압축으로 되살아나는 표현이다.

시는 분장이나 장식의 형식이 아니다. 시는 영혼의 고뇌이다.

시를 아름답다 말한다. 조금은 웃기는 말이다. 시는 더럽고 추한 육체적 고통과 시련과 수고의 노동을 겪어보지 못한 자들이 말하는 상투적인 편견을 뛰어넘는 것이다. '쓰레기 더미에서 장미가 핀다.'는 사실은 경험해보지 못한 자들의 회자 용어가 아니다. 시련의 경험 속에서 이루어지는 진실이다.

시를 무슨 이념이니 무슨 사상이니 무슨 주의니 하고 분류하는 사람들이 많다. 신경 쓸 것도 없고, 관심 둘 것도 없고, 도무지 상관할 바 아니다. 왜냐하면 시란 곧 삶이기 때문이다.

시란 상상이나 이미지가 아니다. 죽음과도 같은 악몽, 악몽에서 깨어나는 현실, 곧 현실의 그림이요 노래이다.

2018년 11월

이채곤

| 차례 |

제2부 김삿갓처럼

제3부 사랑은

| 차례 |

제4부 **세월**

| 차례 |

제5부　영상 바구니

제 1 부

개꿈이로소이다

개꿈이로소이다 1

영원 저 너머 언덕에

어머니가 살고 계신다 언제나

꿈속에서만 소식을 전할 수 있다

개꿈이로소이다 2

나는 가끔 앉은뱅이가 되어
바닥에 앉아서 글을 쓴다
내 머리는 무릎에 닿아 있고
무릎 뼈마디 머리를 두드리며
개꿈 같은 개꿈을 깨운다
부스스 눈 부비며 앉은뱅이 일어서고
육손이 칠손이 무릎이 글을 쓴다

개꿈이로소이다 3

― 똥개 솔로몬

친구여 똥개 솔로몬이여

달밤이고 개꿈이고 깊은 밤에 짖지 마라

근심 많아 부처 될래

걱정 많아 예수 될래

거지 부처 거지 예수 거지꿈 꾸는 중에

거지 깡통 걷어찰라

개 되어 개 같은 개판 삶도

이래저래 물 건너 가는 것을

이름 좋아 출세할래

이름 팔아 돈을 벌래

이름 지은 박수 잡아 귀신 앞에 끌고 갈래

똥개 솔로몬이여

밤눈에 세월 보며 무심 타령 그만해라

개 같은 개소리로 깊은 밤에 짖지 마라

개꿈이로소이다 4

나는 바보다 생각하면 나는 바보다
나는 얼간이다 생각하면 나는 얼간이다
나는 멍텅구리다 생각하면 나는 멍텅구리다

태어나고 살아가고 죽어가고
누가 시키는 짓거리더냐
미친 주정뱅이 같은
죽은 개 같은 짓이거늘
죽은 개 같은 짓이거늘

개꿈이로소이다 5
— 나무 십자가

무슨 까닭에

마음 이리도 서운한 것이냐

사람들이 살던 집을 떠나가고

그렇게 사람들이 떠나가고

사람들이 살던 집들이 헐리고

그렇게 집들이 헐리고

홀로 남은 교회의 나무 십자가

부끄러운 빛으로 남는 것이냐

개꿈이로소이다 6

한낮 뜬구름 타고 앉은 신선이 될래

한밤 떠난 사람 불러내는 귀신이 될래

앞산 부는 바람 모아 담는 신선이 될래

뒷산 훑는 소리 매어 묶는 귀신이 될래

망망 세월 바퀴 굴리는 신선이 될래

허깨비 장난꼬리 붙잡는 귀신이 될래

개꿈이로소이다 7

잠자리 떴다
잠 자리 떴다
구름이 떴다

잠자리 날개는 그물처럼 이어졌다
잠 자리는 그물에 걸린다
구름은 자유롭다

잠 자리는 자유를 원한다
구름은 스스로 떠다닌다
잠자리는 그물 날개로 그물에 걸린다

개꿈이로소이다 8

목줄을 맨다
자유를 사로잡는다
개꿈이 목을 조른다
혓바닥이 길게 늘어진다

개는 죽은 개 같은 모양으로 죽는다

개꿈이로소이다 9

그렇게 수수께끼 같은

삶의 모습을

그대 모습 허수아비

날 저무는 허허벌판

그늘로 머문 빈 껍데기

개꿈이로소이다 10

문이 안 맞다

문설주가 뒤틀린 탓이다

바르게 고쳐야 한다

대패로 다시 썰어야 한다

망치도 못도 필요하다

고장 난 채로 두면 더욱 불편하다

고치는 일도 그리 쉽지 않다

문이 안 맞다

이제 고쳐서 살아야겠다

개꿈이로소이다 11

태풍 불고 비바람 몰아친다
거센 물살 무섭게 계곡에 흘러 넘친다
도무지 뛰어넘을 수가 없다
여기까지 힘껏 도망쳐 왔거늘
꼼짝없이 숨어서 기다려야 한다
이곳저곳에서 불안하고 두려운
쫓기는 꿈에서 깨어날 때까지

개꿈이로소이다 12

날마다 달마다 해마다

털색을 바꾸고 몸집을 바꾸어도

어찌하겠는가

개꿈은 여전히 개꿈이다

개꿈이로소이다 13

가을 쓸쓸한 바람

여우마저 옷 털을 날린다

밤은 춥고 괴로워라

깊은 숲 검은 그늘

어찌하여 우리는 만나는가

아서라 우리 모두 형제요 가족인 것을

여우야!

가을 잎 떨어지고 가을 잎 쌓이고

가을은 외로운 계절이구나

여우야!

우리 서로 얼굴 보고 살자

우리 서로 손을 잡고 살자

개꿈이로소이다 14

꿈길에도 여러 갈래 길을 따라
문들이 있다
어느 문으로 들어가서 무엇을 할 것인가
얽매일 것도 매달릴 것도
정령 아쉬울 것도 없는 개꿈이라
하지만 숨소리 낮추어 문을 열면
귀때기 때리는 총소리
날카롭게 칼 부딪치는 소리
군병들의 무서운 발걸음 소리
놀란 가슴 두려운 꿈길 헤매며
기어 숨는 꿈속 우거진 숲
숲 속에서 떨리는 몸 움츠리면
어이하랴 꿈길 닫히고 잠긴 문들
주먹으로 두들기면 열려질까
조심스레 발바닥 옮겨갈까
아, 밤마다 들르는 꿈길에도
이곳저곳
위험한 문들이 버티고 서 있다

개꿈이로소이다 15

죽은 영혼을 만난다

아니다 살아 있는 영혼을 만난다

영혼의 얼굴

전혀 다름이 없다

어여쁘고 또 어여쁘구나

손을 맞잡고 얼굴을 맞대면

여전히 망설이듯 수줍은 웃음을 띤다

깊고 은은한 웃음

언제나 마음을 설레게 한다

잠결에도 마음을 설레게 한다

오, 자줏빛 영혼의 가벼운 날개여

개꿈이로소이다 16
— 흐르는 것들

별빛 하나 흐르고

별 하나 혼자서 별빛으로 흐르고

빗줄기 거세게 내리다 잠시 멈춘 사이

검은 구름 떼 지어 흐르고

흰 구름 검은 틈 사이에 흐르고

구름 흐르고 별 흐르고

하늘마저 그저 하늘로 흘러서

흐르고 흘러서 흘러가고

어둠 눈 안에 흘러서

어둠은 물줄기로 흐르고

흐르고 흐르는 소리들

저린 마음 흐르고

홀로 널브러진 사랑

기웃거리며 기웃거리며 흘러가고

덧없이 기리는 구불구불 뚜아리

너를 부르는 목소리 흐르고

헤어진 손 눈물 흐르고

밤에는 더 메마른 젖줄 흐르고

개꿈이로소이다 17

재수 좋아 알몸 꿈 꾸려나

기대하며 잠자리에 들었더니

머리 아프고 세상 어지러워

뜬눈 약으로 지새운 한밤

야속한 밤 개꿈인들 장미꽃이 부러우랴

개꿈 1

내가 미워하는 많은 사람들을

가뜩이나 미워하는 날 밤에 나는

저들에게 붙잡혀 총살을 당한다

개꿈 2

잠을 자야 꿈을 꾸고

꿈을 꾸어야 님을 본다 하였거늘

꿈속에서 만나느니 불뱀이요 독사라

날름거리는 독사의 혀를 어찌 짓밟으며

불뱀의 눈알에 어찌 장미꽃을 피우리오

개뼉다구의 기침

개 다리 힘줄 끊어집니다
뼉다구 속살 떨어집니다
눈깔 뒤집는 소리 납니다

마침내 저승 꽃이 피어납니다

꿈에서

꿈에서는 얼굴에 쓴 가면이 제멋대로다

삶의 모양새들 뒤죽박죽이다

도무지 앞뒤를 가늠할 수 없다

작은 나비가 용마가 되고

개들의 용사가 꿈 모서리 물어뜯는다

불안한 꿈마저 썩은 나무 부러지듯

뒤죽박죽 제멋대로 가면 얼굴 찢어진다

꿈길에

진도에 가서

진도 다리 건너

진돗개 보러 갈란다

제 2 부

김삿갓처럼

김삿갓처럼 1

산촌에서

산골짝 물 흐르는

산그늘에 산 더위 식혀가며

산이 산으로 산 넘어가는

산길 바라보며

한숨 쉬리라

김삿갓처럼 2

숲 속에서

나무들 속에 파묻혀

나무들 두런두런 긴 이야기

우리 서로 다정한 친구로다

우리 서로 말하는 나무로다

김삿갓처럼 3

사시사철 나그네 세월
바꿔 입을 옷 한 벌 없이
들메끈 풀 곳도 없이
거지바랑 가볍게 들쳐메고
산 따라 험한 산길 간다
강 따라 멀리 뱃길 간다

김삿갓처럼 4

이른 아침 산새 울음소리에

잠에서 깨어나느니

밤새 꿈속까지 찾아와 꿈길 보채던

두견이냐 방울이냐

피울음 울었던가

은방울 울렸던가

어이 그 까닭을 물을까마는

내 짐보따리 가벼움이 가엾음일까

제 짐보따리 무거움이 힘들었음일까

두견이여 방울이여 산새들이여

버릴 것 벗을 것을 날쌔게 칼질할진대

초록 하늘 구멍을 끝없이 쪼아대는도다

비에 젖은 꿈자리를 한사코 찢어내는도다

김삿갓처럼 5

산골 숲길에서
해묵은 지팡이 앞세워
숲 속으로 가노라면
산속 나무들을 흔들어 깨우는
바람이 나를 좇아오는가
내가 바람을 따라가는가

김삿갓처럼 6

눈을 감고 잠시 잠든 사이
북방군의 침공이다 무자비한 점령군이다
총부리 칼끝을 들이대고
뛰고 달리고 고함치고 붙잡고 두들긴다
도둑놈 깡패 국회의원 장관 사장이요 유명인
문화 역사 불태우고 망가뜨리고 팔아먹은 놈들
모조리 쓰레기 쓸듯이 몰아 담는다
창고에 부서진 사원에 배부른 똥통에
원칙이란 없다
집세 전세 월세 따위 가리지 않는다
오호 묵비권이라니
우악스런 주먹으로 코피 때린다
맨대가리 대갈통 후려갈긴다
아이들은 어쩌나 아이들을 어쩌나
말 많은 여자 잘생긴 여자 못생긴 여자
엉덩이 불똥 튀듯 걷어찬다
이상한 세상 세상에 보이느니 북방군이다

배고픈 자에게 빵을

가난이 난무하는 사회를 해부한다

입으로만 말하는 거짓들을 총살한다

좋은 일이로다 좋은 일이로다

무엇에 쓰랴 하늘 가린 삿갓은 건드리지 않는다

김삿갓은 자유롭다 김삿갓은 자유인이다

눈을 뜨고 툭툭 털며 일어나니

시원한 바람 산바람 불어온다

김삿갓처럼 7

산골 산마을에
손마디 굵은 손목에 빚은 술
술 한 잔에 산길 간다
물길 간다
들어라 산골 물소리
세상사 걱정을 쓸어가는도다
꿈같은 세상사 쓸어가는도다

김삿갓처럼 8

산에서 숲에서
새 우는 곳에서 새가 울고
새 우는 곳에서 새소리 들린다
가지가지 새들의
가지가지 새소리
새는 새소리로 새 울음 우는가
새는 새소리로 새 노래 부르는가
새벽에는 빛살 부르고
저녁에는 어둠 별 부르는가
산에서 숲에서
새도 어이 울고 웃고 하는도다

김삿갓처럼 9

여러 날 술통에 빠져 있다가
늦가을 바람 쌀쌀한 오늘에사
몸 추슬러 산길에 나서니
숲 속 비탈진 곳으로
나무와 나무 사이
나무들 사이를 뚫고
가랑잎 에우며 빛나는 햇빛
눈부시게 눈부시어라

김삿갓처럼 10

산속에 비가 내린다

숲 속에 비가 내린다

산길에 비가 내린다

숲길에 비가 내린다

가랑잎에 비가 내린다

솔잎에 비가 내린다

떡갈나무에 비가 내린다

너도밤나무에 비가 내린다

단풍나무에 비가 내린다

김삿갓처럼

떠도는 사람에게 비가 내린다

풀잎에 내리는 비 늦은 가을비

이제 떠날 채비를 하는

마른 잎에 비가 내린다

제 3 부

사랑은

사랑은

그대 아십니까 아무리

번개 치고 천둥 울어도 씨앗은 움트듯이

사랑은 이미 그대 맑은 눈동자 속에

한 알의 씨앗으로 심기어 있습니다

금잔화

그대 금잔화를 아시나요

금빛으로 빚어낸 술잔 속에

여린 목숨으로 떠 있는 꽃

한 방울 한 모금 마실 수만 있다면

아침 이슬 되어 사라질까

금빛 나비 되어 깨어날까

내 가슴의 문

그대 내 가슴의 문을 여십시오

피가 흐르고

붉은 피가 흐르고

더욱 붉은 피가 흐르고

피로 물든 아픔 견디지 못해

저절로 두 눈이 감깁니다

그대의 창문

언제나 그대의 창문은 열리어 있다
산간에 나무숲에 산비둘기 울고
때로 별빛 가리며 비가 내리고
빗줄기 창틈을 적시며 흘러도
어이 누구를 기다리는가
기다리며 기다리는 세월들이 만나
낮이 되고 밤이 되고 어둠 산 되어
산간에 나무숲에 산비둘기 울음
피 흘리는 피울음 울어도
언제나 그대의 창문은 열리어 있다

바람 속에

바람 속에 바람은 종소리다

종소리는 어린 꿈들 키우고

푸른 잎 돋아나고

잎사귀 자라나는 세월이다

세월은 할머니의 옛이야기

사립 밖 외진 길을 소리 없이 간다

세월 때 묻은 바람의 눈빛

바람소리 때로 매우 거칠다

바람에 눈비 내리고

목소리 목멘 바람 속에

여기저기 땅 위에 이슬 맺힌다

이슬은 꽃잎 마음 비워낸

얼굴 적시는 눈물이다

외로워 소중한 목숨의 숨결이다

숨결 에우는 바람

바람 속에 바람은 울리는 종소리다

강가에서

강으로 갈란다

물귀신도 빠져 죽고

불귀신도 빠져 죽고

벙어리 귀신도 빠져 죽고

시방 눈먼 귀신 빠질새

눈먼 귀신 건져 올려

강물 흘러 씻어내듯

눈알 바꿔주려고

강으로 갈란다

강물

노을이 물들면
나미의 볼 우물가에
숨어서 피어나는
꽃
빛
향기 깊은
웃음으로 출렁인다
출렁이는 물결 따라
노을 색깔 물든
불타는
나미의 꿈이 흘러간다

너의 눈동자는

여름 한 철 뜨거운 오후

꿈으로 떠올리며 목줄 시린

내 여린 기억의 샘물 넘치는데

거기 머뭇거리며 서 있는 너의 눈동자는

아, 눈부시게 빛나는 햇빛이어라

바람개비

바람개비

아침에 돈다

아기의 푸른 잠 깨어나고

빛살에 눈부시게 문이 열리는데

새롭게 출발하는 시작의 아름다움이여

그때 바람 흔들리는 소리로

마른 숲 적시고

눈 부비며 일어서는 꿈들이

나뭇잎에 영그는 숨결 가벼운 속삭임

아, 멈추지 않는

빛으로 눈을 뜨는 순간들

생명을 타고 사랑으로 흘러서

바람개비

바람 속에 돈다

비둘기는 아침에 날고

소년 시절이었다
언제나 꿈을 꾸고 있었다
날마다 우윳빛 안개 속에 새벽 종소리가 울려 퍼졌다
비둘기는 아침에 날고
햇빛은 교회당의 종탑에서 뛰어내리며
비둘기의 무지갯빛 날개 위에 눈부시게 빛났다
바람은 들녘에서 불어오고
영롱한 이슬이 풀잎에 어려 있어
우리들의 산보는 이슬에 젖었다
나무마다 푸른 싹이 돋아나고
봄빛으로 물드는 가슴이었다
그때 너의 두 눈은 웃음이 여울져서
감미롭고 행복한 노래를 불렀다
노래는 푸른 강물을 따라가며
강물 위로 떠서 흘렀다
너는 진분홍 꽃잎을 입에 물고
입술은 꽃이 되어 흔들렸다
낮은 산에서 작은 새들이 울고

새들의 울음 속에 공기는 더욱 맑았다

우리들이 서로 손을 잡으면

손가락 마디마다 가지가 뻗고

가지마다 커다란 하늘이 걸려 있었다

언덕을 넘어오는 느릿한 기적은

구름을 밀어올리고

구름은 천천히 혼자서 떠 있었다

마침 종달새가 목청 곱게 울고

다시금 종소리는 따사로운 물결 되어 강으로 흘렀다

아, 아름다운 봄날이었다

바람은 언덕을 넘어오고

들녘에는 꽃물결이 흐르고 있었다

너를 부르는 소리

창을 열면

달빛 소리 별들의 소리

나무들은 나무들을 부르고

산에는 산마다

가을 갈잎 소리

바람 울리는 풍경 소리

흐르는 물소리

낮은 개울 소리

오, 내 사랑하는 아우야

어두움이 날개깃을 치는

눈물 소리를 듣자

떠나는 모든 사람들의

울음소리를 듣자

하늘에는 빛들도 소리로 떠다니며

만나는 소리

헤어지는 소리

생명은 한 줄기 불빛이 되어

불빛 타는

작은 목소리로 남고

세월 지나가는 눈동자에

희미한 그림자 흔들리는

서러운 소리

기다리며 너를 부르는 소리

가을 창가에서

사랑하는 그 무슨 까닭이 있어
단풍은 저 홀로 물 흐르듯 물드는가

따스한 햇빛 속을
무수히 다른 얼굴들
나뭇잎 바람에 흔들리는 속살을 보라

오, 장엄한 계절의 화음이여

구름 한가히 머무는 그늘마다
속삭이며 수런대는 네 깊은
영혼의 목소리들은
낮은 음률로 떨리어 울려 나고

시월 저무는 가을날
하늘 문 열리는 창가에서
은총이듯
소망이듯

눈빛 마주 보며 서로 부르면

산속에는 산울림이 퍼져서
허공에 맴도는 메아리마다
황금의 꿈들이 넓게 살아라
숨은 꿈들이 기다리며 살아라

아침

이제 들어보자
가볍게 걷는 발걸음 소리를

아직은 사뭇 느리게
동녘에서
어둠은 천천히 밀려서 스러지고
출렁이며 빛 모으는 바닷물
물결을 타고
이윽고 빛으로 오는
붉은 해의 얼굴을 보자
그 밝은 눈빛을 보자

조금씩은 아픔도 잊어버리고
불안으로 몸 움츠리며 기다리던 우리들
마음으로 미워하고
옷자락 털며 돌아서던 낯선 시선들
가슴속 숨겨둔 그리움도
잠시 머뭇거리며 서 있는 슬픔도

눈물도 손을 씻는 이 시간에
밤새 닫힌 문을 열고
빛으로 오는 빛 가운데 서보자

생각하면 언제나
외로움에 방황하는 피곤한 내 영혼
영혼의 숨찬 소리들
가슴마다 부르는 목소리가
메아리 되어
이 아침 너를 찾는가
나를 찾는가

지금 내가 서 있는 자리에서

지금 내가 서 있는 자리에서
한 줄기 빛으로 넘치는
은혜의 잔을
깊은 감사의
눈물로 마시게 하옵소서

지난날은 언제나
삭막한 마음밭의 어둠 속에
회한의 푸른 별들이 뜨고
방황하며 지새우는 청춘의 세월을
심한 비바람이 불어
꽃들은 피를 흘리며
한숨으로 지더이다

날마다 만나는 허망한 내 꿈들

꿈길을 기어오르는 산 구비구비마다
얼굴 없는 메아리가 살고

생각하는 고통으로
생명은 더욱 아프더이다

그토록 무수한 시간
정처 없이 헤매이다가
도착한 당신의 도시
도시의 동쪽으로 문들은 열려 있고
햇빛은 눈부시게 빛나더이다

오, 구원의 보루여

마침내 지금
내가 서 있는 자리에서
가슴에 빛으로 내리는
은혜의 잔을
끝없는 감사의
눈물로 마시게 하옵소서

부활의 아침

1.

기쁜 소식
빛으로 깨우는 물살을 타고
새벽 동트는 가슴들을 연다

2.

세상 어둠 깊은 잠 깨뜨리고
눈부시게 빛나는 십자가
사망 권세 이기니
아침처럼 맑은 생명 샘 넘친다

오, 아름다워라
생명의 새 아침 마침내 시작이다

3.

온 세상 모든 사람
마음 적시는 소망을 본다

이제 평화의 바람 불고
살찐 꿈들이 일어서며
사랑의 새싹들이 눈을 뜨는
도처에서 소생하는 숨소리를 듣는가

아, 사망 권세 이기고
눈부시게 빛나는 십자가

시온에 은혜의 강물 흐른다

좀 더 뜨거운 가슴으로

사람들로 흘러 모인 바다
사람들은 언제나 그물을 던진다
수고하여 땀방울을 건진다
땀에 젖은 손
마침내 얻은 것이 없다
오, 끝내는 우리 서로 사랑해야 할
헐벗은 사람들이여
이제 들어서 듣기에 트인 귀
보아서 보기에 열린 눈으로
어깨에 지어진 짐 무거워도
허기진 목구멍이 저려서 아파도
바그다드, 사라예보, 르완다에 넘치는
뼈 녹이는 눈물이며 울음을
좀 더 뜨거운 가슴으로 받자
지금은 필요한 보리떡 다섯 개
물고기 두 마리

여보 비 오네

여보 비 오네

빗방울 머금고 도라지꽃

활짝 피었다

꽃잎 보라색 너무 아름답다

울타리 넘어

까치 두 마리 서둘러 날아간다

사립문 닫을까 열어둘까

여보 산마루 비구름 몰려온다

봄비 오시는

1.

흐린 날
색채 우울한 화실에 앉아
잠긴 서랍을 열면
아직은 색감 어두운 그림들
그림들을 뒤적이다가
담배를 피워 물고
두서너 발짝의 거리를
서성거리면 보이는가
마침내 지금을 오고 있는 그대는
강심에 봄비 오시는 것을

2.

예배 후
공복으로 무료한 오후 한나절
헝가리안 랩소디
음계의 어두운

선율 위로 위태롭게 졸음 졸다가

꿈길 헛디뎌 떨어지며

눈을 뜨면

아, 멀리로 갈앉는 시야

창밖에 봄비 오시는 것을

밤의 노래

1.

바람 불면 언제나
우울한 피아노 소나타
깨어진 건반의 층계 위로
삐걱여 내려오며 목소리 차가운
숙의 손을 잡으면
당황하여 놀라는 손바닥
핏줄을 따라 땀방울 돋아나고
이윽고 이마에 식은땀 흐른다

2.

깊은 밤 불면의
어두운 통로를 비틀거리다가
다시금 찾아와 문 두드리면
열쇠 잃어 열릴 길 모르는
숙의 방 문전에서
문득 눈 찌르는 빛 잃은 순수여
순수의 눈물이여

노고지리

노고지리가 강가에서

하늘 높은 곳에서 노래한다

새봄을 노래하고

새 생명을 노래하고

새 기쁨을 노래하고

노고지리가 보리논에서

목소리 고르며 둥지를 튼다

장마

마른하늘에 벼락 친다

옥자를 생각하고 있는데

빗줄기 거세게 쏟아진다

빗물 눈물 넘치고

옥자는 멀리 떠나갔다

흐린 밤

흐린 날 밤에 보이지 않게

보일락 말락 별 몇 개

밤하늘에 떠 있다 눈 밝혀

자세히 보니 숨어 있는 것들이 보이니

스스로 숨어 있는 것들도 볼 수 있으리라

제
4
부

세
월

세월

손거울에 어리는

여인의 눈주름 위로

세월은 웃고 서 있었지

비 내리는 여행

1.

비 내리는 날에도 어둠 속에
기차는 강을 건너 달린다
사람들은 저마다 떠나가며 서럽고
기적은 저 홀로 울어도
강물 따라 흘러가듯 흘러서
비에 젖는다

2.

밤에도 비 내리는 날 처량한
기차는 낯선 여객들을 만난다

3.

잠들어도 흔들리며 불안한
갈증은 어이할까
여행은 지루하여 길고
기차는 바람 속을 달리는데

모여서 웅성대는 바람으로

목구멍이 막혀도

다시금 헤어지고 만나는 모든 것들이

반가워서 눈물이 날까

출발을 기억하는

희미한 의식은 깜빡이며

창밖에 흩날리는데

비가 내리어 밤은 깊고

서러운 여행은 병이 되어도

가슴 깊이 숨겨진

이름마저 다정한 사람들

아, 밤에도 비 내리는 날 처량한

기차는 강을 건너 달린다

너희가 알지 못하거늘

마음 열어
불어오는 바람을 맞으라
어디로부터 와서 어디로 가는가

눈을 뜨고
흐르는 강물을 보라
처음은 어디이며 끝은 어디인가

귀 기울여
울리는 소리들을 들어라
높고 낮고 길고 짧음이 무엇인가

나그네 길의 세월이

1.

날마다 세상 흔드는 바람을 본다
앞바람은 무섭고 뒷바람은 위험하다

2.

차가운 도시락 뚜껑을 열면
거기 힘겨운 세월이 있다
힘겨운 일손이 있다

3.

날 저물면 눈보라
불안한 밤의 시작이다
잠 못 드는 메마른 밤이다

4.

휴식 잃은 피곤한 삶
버림받은 꿈들을 지고
나그네 길의 세월이 간다

보리 강아지

곱슬강아지 이름은 보리

보리 싹 돋아나듯 싱싱하고 귀엽다

날 밝아 두 눈 뜨면

맑은 눈 뱅그르르 동전 구르듯

입 벌리고 제 꼬리 향해

뱅글뱅글 돌고 구른다

날마다 여느 때나

하늘 꼬리 돌고 땅 꼬리 돌고

보이는 모든 세상 돌고 도는데

뱅그르르 구르고

팔짝팔짝 뛰는 보리

비 오는 날 저물 무렵

자동차 바퀴에 깔려 죽었다

안개비

내 해골을 유심히 살펴본다

따로 발견할 것은 없다

눈물 한 점 산간에 떨어지고

여전히 세상 쓸쓸한 안개비 내린다

흙밭에 맨발로

흙밭에 맨발로 밭갈이 한다

맨발에 묻어나는 흙의 기운

발바닥 주름살 사이사이 스민다

흙 속에 맨발로 다시금

돋아나는 생명의 밭을 밭갈이 한다

사월 초파일

부처가 태어난 날
술맛이 산나물 맛이다
오늘 내가 부처인가
도대체 네가 부처인가

통시 가서 수행하는 것이
가장 좋은 방법이리라
목탁 깨뜨리는 땡초여

산에서

산에서

산은 잇대어 산 줄 세우고

오랜 날 산 줄 세우고

푸른 물감 눈 시린 하늘 내리고

소낙비 쏟아지듯 하늘 내리고

삼월

햇빛 눈부신 오후 한때

노란 나비 한 마리

돌담 밑에 꽃으로 피어난다

아, 목메이게 눈물겨운 봄날이어라

내 원하는 것은

출발을 알 수 없는 강물이고 싶어라
강물 위를 흔들리며
날카롭게 번쩍이는 바람이고 싶어라

오후 늦은 가을날
들판을 꿰뚫는 금빛 화살이고 싶어라
화살 맞아 울부짖는 독사이고 싶어라
모든 울리는 소리로 시작하여
빛을 발하여 타오르는 불꽃이고 싶어라

한줄기 영원으로 흐르는
구비구비* 끝이 없는 물길이고 싶어라

* 구비구비: '굽이굽이'를 소리말로 적었음.

까끄라기

1.

아침마다 나의 잠은 설익어 있다
밤이면 깨어지는 산 소리 탓일까

2.

해 질 녘
계곡마다 흐르는 노을빛에
바람 웅성거리는 소리
뜻 모를 눈물이 난다

우리의 눈은

지금 우리의 눈은 무엇을

볼 수 있을까

저리도 나무뿌리는 엉켜서 뻗어 있고

풀 한 포기 자라는 흙에도

숨결 잇는 소리

어떻게 빛과 어둠의 그 좁은 사이를 헤치며

씨앗 움트는 생명으로 나타나는지

지금 우리의 눈은 무엇을 볼 수 있을까

조심스런 손길이 여닫는 문의 처음부터

가늘게 떨리며 미동하는 소리들은

주위에 퍼져 있고

그 깊은 울림의 내부에서

다시 손을 내밀어 붙잡는

여윈 눈빛에

돌아서는 발자국은 남아서

슬픈 기억으로 흐르는 것일까

그리하여 지금 우리의 눈은

무엇을 볼 수 있을까

바람은 어이 소리로만 불어와서

바닥 깊은 어둠 속을 맴돌아

사라져가는지

변소에서

변소에서

똥통에 쭈그리고 앉아

생각하건대

사람은 어찌 이 세상에 오는가

제 하고 싶은 일을 하려 함인가

제 되려는 사람이 되려 함인가

여하 하늘 아래 있음을 없음을 금시로 알아서

즐겁게 살기 위함일러라

나머지 것들이야 모두 다

똥통에 똥일 뿐이로다

주정뱅이

어찌하여 오늘도

술로써 하루를 취하려 하는가

날마다 속절없이 솟구치는 취흥에

아까운 인생을 술잔으로 마시는가

목구멍을 적시는 몇 잔의 술

속 쓰리고 아픈 세월은

무엇으로 바꾸려는가

게걸스런 주정뱅이

지금 떨리는 손에 든 술잔을

내려놓을 수는 없는가

말대가리 간호사

병든 나무들 정신병원 제4동
수간호사 별명은 말대가리다
말 같은 얼굴에 말처럼 키 큰 여자다
여자가 말상이면 미인이라 했는데
글쎄라 그런 느낌은 아니다
걸음걸이 몸놀림이 말 모양새다
아침 찬 공기에 펄쩍 뛰는 말 모습이다
말도 잘 길들이면
쓸 만하기가 일품이다
허나 야생마는 어렵다
야생마와 말대가리라 궁합 일치다
말대가리 수간호사
환자 돌보기가 말의 품세인가
지난 경력이 능글맞은 기법인가
정신병원 안에서는 모든 일들이
헷갈리기 마련이다
헷갈리기로 간호사는 고마운 사람

사랑하고 싶어지는 여인이다
그렇지만 성글다 멈춘 말상 여인은
키만 껑충 믿음이 안 간다

나무들 정신병원 제4동
수간호사 별명은 말대가리다

기다리면

메에서 내에서

오시든가 가시든가

이른 비

늦은 구름으로 머물다가

다시 돌아오시리라

산마을에서

지금 겨우 조금씩 알아가느니
여기 한적한 시골 산마을에서
달리 가진 것 없어도 부요한 사람들이
무엇에든 다투지 아니하는 삶으로
가을 익은 나무들처럼 흙에 심어져서
마냥 한가롭고 넉넉하게 사는도다

성경 말씀에

너희는 누구며 어디서 왔느뇨

모든 육체는 풀과 같고
그 모든 영광이 풀의 꽃과 같으니
풀은 마르고 꽃은 떨어지되

솔로몬의 모든 영광으로도
입은 것이 이 꽃 하나만 같지 못하였느니라

삼가 모든 탐심을 물리치라
사람의 생명이 그 소유의 넉넉한 데
있지 아니하니라

너희는 잠깐 보이다가 사라지는
아침 안개니라

* 시로 쓴 이 작품은 모두 성경 구절에서 인용하였다.

헛것

밤마다 꾸는 꿈이 헛것이듯이

인생이란 꿈 또한 헛것이로다

눈물이어라

붉디붉은 감 홍시를

쌀뒤주 쌀 속 깊이 묻었다가

추운 겨울 집에 돌아온 아들에게

꺼내주시는 어머니의 손

눈물이어라

결코 잊을 수 없는 눈물이어라

서리꽃

겨울 아침 들판 햇빛 빛나는

하얀 서리꽃

다시금 붉은 동백꽃처럼

다시금 붉은 동백꽃처럼

서리꽃 빛나는 햇빛 속으로

소년 시절이 뛰어간다

지칠 줄 모르는 소년의 꿈이 달려간다

아으, 그리워서 눈물 나는 서리꽃 핀

아침이여 아침의 서리꽃이여

칠월 끝쯤에서

칠월 끝쯤에서 여름이 불붙고 있다

칠월은 드디어 뜨거운 숯가마 실은 손수레 끌고

여기저기 곳곳에 도착했다

손수레 닿는 곳곳마다 뜨거운

불타는 여름 나무 그늘 깊숙이 짓밟고

하늘 데우며 끓는 무더위

무더위 날개 깃털 떨어져 사방으로 흩어진다

시방 하늘 위로 목줄 타고 땅 위로 목마른

초목이 모두 바람마저 모두 뜨겁게 불타고 있다

유월에 아침에

유월에 초록빛 아침에

눈부신 햇빛 속으로 나뭇잎들 번쩍인다

바람에 흔들리며 번쩍이고

꽃으로 멈추어 빛난다

유월에 아침에

풀잎들 나무들 하늘들이

초록으로 초록으로 초록빛으로 깨어난다

창문으로 바라보는 풍경

오월 중순 이른 아침

아침 햇살 따스하게 퍼진다

멀리 몸 붙여 선 두 산봉우리

어머니의 부드러운 젖통이다

젖빛 흐르고

초록 물결 잔잔히 흐르는

나무숲 나무들의 맑은 얼굴

풀섶마다 작은 꽃들

붉은 꽃 노란 꽃 하얀 꽃

오래전 떠나간 여인의 소식을

조용히 전해준다

지금 고요하고 적막한 아침 시간에

창문으로 바라보는 풍경 속에

나뭇잎 펄럭이는 갖가지 기다림들

잠시 멈추어 서서 푸른 하늘 펼친다

제 5 부

영상 바구니

빛으로 잠시

해가 지는 쪽으로 황혼의 시간

수풀과 나무들의 모습

얼굴 밝힌 빛으로 빛난다 잠시

하루의 빛이 스러진다

흐린 하늘 아래

햇빛 바람 소리들 가리어져

풀잎 나뭇잎 꽃잎

흐린 하늘 아래 잠잠히 멈추어

숨죽이고 멈추어 서 있다

어느 곳인가 산비둘기

구슬픈 울음소리 울리어 들린다

허상

길을 찾을 수 없다

골목에 막혀 있다

발밑에 절벽, 절벽 아래 파도

거센 물보라 방울이 튄다

거친 물결 몰아치고

알 수 없는 물길 용솟음

어찌하랴 허공을 흔드는 손짓이여

혼자서

산봉우리 꼭지에 홀로

비바람 검은 구름 머리에 이고

우뚝 서 있는 소나무

그렇게 혼자서 서 있다

짙은 회색 하늘 온 천지 펼치고

저다지도 온 천지에 펼쳐져 있고

방마다 어둠

방마다 어둠

벽은 두껍고 출입문은 어디인가

창가에 꽃은 시들고

창가에 깊은 잠 스미고

산천 물소리 무심하여

쫓고 쫓기는 무서운 그림자

그림으로 걸리어 펄럭이고

방향 알지 못하는 달음박질

가득한 어둠 놀래어 도망치고

삶을 실은 집들 무너지고

집마다 허망하게 무너지고

유방산

회색 짙은 구름 가리어

보이지 않는 유방산

어머니의 포근한 젖가슴

지금 슬픔이듯 이슬비 내리고

눈 안에 가득한 초록의 수풀들

바람에 휘청거리고

바람은 언제나 보이지 않는다

개꿈이로다

산마루에 초막집을 짓는다

마당을 넓힌다 돌담을 쌓는다

허나 어찌하랴 나무들 틈 사이로

뿔 돋은 염소 떼 달리고 굶주린 개들이 침을 흘리며 돌

아다닌다

초막의 문을 닫으라 저들이 뿔로 들이받고 입을 벌려

물려 하는도다

이제 숨어야 한다

마당에서 머뭇거리지 말지니라

그대여

새벽안개 걷히는 곳에

검고 거친 구름 떼 몰려가는 것을 보면서 그대는 무슨

생각을 하는가

온 세상을 삼키려는 듯 폭발하며

소리치는 우레와 천둥 번개

먹구름이 이윽고 사라지고

천천히 떠 흐르는 자색 구름과

작은 산봉우리 머리를 솜털처럼

감싸며 퍼져나는 흰 구름을 보면서

그대는 무슨 생각을 하는가

오, 그대여 지금은 산비둘기 울음 울고

다람쥐 나무줄기에 뛰노는

숲으로 오라

우리 함께 포근한 산길을 걷자

구름

푸른 하늘 솜털 구름

사람들은 모두 구름이라 말한다

거기 내 어머니가 살고 계신

하얀 집이거늘

뜬구름

아침 맑은 하늘 높은 곳에

하얀 구름 뜬구름 떠 있다

지금 바람마저 멈추어 서성이는데

뜬구름 까닭 없이 흩어져 사라진다

돌

한 세월 나를 따라다니는

이것은 무엇인가

짓밟고 물 뿌려 씻어내도

그림자 지워지지 않는다

오히려 나를 놀라게 하면서도

돌 1

산은 말이 없다 들음으로

여름 이른 아침 하늘가에

흐릿한 무더위 타는 듯 숯불 피운다

노래 멈춘 부리 붉은 새

낯선 둥지에 머물고

거리마다 닫힌 문들 무겁다

놀랍도다 무엇에 쫓기는가

시작부터 어렵고 두려운 얼굴들이여

이리저리 휩쓸려 옮기는 여름날의

무더위 무서워라 무더위가 무서워라

여느 날이나 발밑에 흙 한 덩어리

지루한 길 이어지고

발걸음 휘청거리며 비틀거려도

저 멀리 그곳에

들음으로 산은 말이 없다

돌 2

흘러간 것들 흘러서

지금 오늘도 흘러서 가고

흘러서 흐르는 흐름 속에서

흐름 맴돌다 흘러서 오고

끊임없이 흘러서 흘러가고

돌 3

주홍이냐 주황이냐 어찌하랴

메마른 하늘 메마른 가뭄

지친 초록의 행렬 가운데

언뜻언뜻 헷갈리는 정신 붙들고

하나둘씩 넘어지고 자빠지는

나뭇잎 거기 깃든

네 어머니의 한숨 안타까워라

어머니의 시름 안타까워라

돌 4

목마른 소리 타는 소리 불꽃 소리

소리들 모아져 검은 연기 흩어지고

어디서나 울부짖는 소리로 울부짖고

보이는가 내리고 오르고 휩쓸리는

무섭고 두려운 소리들

날개 펴 펄럭이며 나는 소리

소리들 칼잎 위에 머물고

돌 5

여보 어느덧 가을이 오셨네
짙은 푸른 하늘 높고 맑아라
높은 구름 천천히 흐르며
코끼리 사자 뿔 뒤엉킨 몸집 큰 순록
천사들 악마들 창을 들고 활을 쏘고
더욱 가까워진 유방산 크게 기지개 켜고
사람도 하느님도 슬며시 웃음 웃는데
아니 벌써
열린 문 열린 밖으로 가을이 오셨네

돌 6

푸른색 회색 회색 푸른색

산 위에 어우러져 떠 있음에

하늘이 구름이냐 구름이 하늘이냐

거기 반 고흐의 사이프러스의 밀밭이

지금 다시 그려지며 하늘로 흐르는도다

돌 7

어이할까 까마귀

빗줄기 장대같이 쏟아지니

물 고인 논밭은 어이하며

손발 닳아 지은 나무 집을

검은 눈 검은 날개 펼 수 없는 새끼들을

깃털 때리는 핏물 고통이며 고생이라

마냥 맴돌아도 에우는 물안개

보려 하나 볼 수 없는 폭우 소리

까마귀 어이하랴

까마귀 어이하랴

돌 8

그 속을 어이 알 수 있으리오
작은 하얀 꽃잎들 하늘 우러러
피어나고 이따금 날아드는 벌 나비
가는 꽃대 흔들리며 꽃무늬
무늬 아롱지며 고리 지어 굴러도
겹겹이 쌓인 계절이 오고 가고
단단히 굳고 굳은 한 무더기
그 깊은 안쪽을 어이 볼 수 있으리오

개꿈이로소이다

밤마다 잠이 들면

어지러운 꿈길을 걷는다

끝이 없는 지하통로

무섭고 두려워라

어쩌다 마주치는 사람들 유령이듯

묵묵히 힘든 일손에 시달리고

빛이 없는 세상

목줄기 타는 목마름

비마저 내리지 않는다

헤매고 달리고 주저앉아도

출구는 보이지 않는다

몇 번이던가 잠시

햇빛 스미는 순간

발걸음 재촉해도 문은 닫혀 있다

공포를 헤치며 어떻게

어두운 도로에 닿았을까

어둠 쌓여 있는 거리

군데군데 할머니들의 침묵시위

도무지 보이지 않는 초록의 세계

여기저기 말방울 울리고

말방울 아우성으로 더욱 울리고

알

어머니 뱃속의 고요함

깊은 어둠이다

새들이 날개를 접고

타조가 달음박질을 멈추고

평화의 숨소리를 듣는다

순남이

오, 순남이

사랑의 열매는 영화 속에 잠들어 있다

프리짓 가의 명예

보물섬(어린이 탐험대)

쿼바디스 도미네

나미

초롱꽃이로구나

귀하고 귀하구나

담 넘어 훔쳐보는 눈길

애틋하도다 행여 들킬세라

돌담마저 차츰 높아지노라

미자

둑길 포구나무 가지 끝에

둥근 보름달 떠오른다

이다지도 아름다운 달빛은 처음이로다

어린 영혼의 놀라움이여

현숙이

꽃송이 작은 장미꽃이여

꿈결 같은 열정

기다리고 또 기다리듯

아무도 모르게

숲길 기웃거리는 꽃이로다

선희

전장에서도 들꽃은 핀다

포탄에 철교가 끊어지고

강을 잇는 다리가 무너지고

포연에 사람들이 사라지고

황폐한 전장

전쟁의 들판에도 들꽃이 핀다

간호사 정숙 씨

빨간 구두 햇빛에 반짝인다

꽃무늬 원피스 바람에 눈부시고

그윽한 검은 눈동자 깊이

금잔화 꽃잎 피어난다

아름다움은 어떻게 말하여지는가

산들산들 금빛 꽃잎 열리고

아늑한 금빛 꽃잎 열리고

설거지하는 아내

질곡의 세월

지나간 것들은 사라지고

사라진 것들은 보이지 않는다

세월을 힘겹게 이겨온 얼굴

얼굴에 짙은 주름살 새기우고

빈 그릇 씻고 씻어도

사라져간 세월 씻을 수 없다

교장선생님

은퇴를 앞둔 나이 많은

시골 중학교 교장선생님

월요일 아침 전교 조회 시간

'진실은 일생의 보배'

평생의 교훈을 말씀하셨다

캡틴 박

은혜의 얼굴은 어떤 모양이더냐

가난한 사람을 돕는 자가

진정 용기 있는 자일진대

계율의 덫은 또 무슨 까닭이냐

성스러운 자들이여 대답하라

피땀 흘려 힘들게 사는 사람들

저들의 가운데 뿌리내린

안타까운 영혼 캡틴 박

하늘의 문은 열려 있는가

김태희 권사

삶을 지탱해주는 안전띠
날마다 기도로 날밤을 지새운다
믿음의 씨앗은 무엇으로 열매를 맺는가
간구하고 갈구하고 부르짖음이여
오, 내 어머니
어머니라 부르는 말보다
아름다운 말은 세상에 없더이다

| 후기 |

이 책을 출판함에 있어 내세울 것도 없는 저자임에도 불구하고 흔쾌히 출판을 허락하여주신 한봉숙 대표님과 노고를 아끼지 않으신 편집팀원들께 심심한 감사를 드립니다.

이 책이 나오기까지 끊임없는 성원과 도움으로 힘을 돋우어준 아내 유선희(점순)에게 감사와 사랑을 보냅니다.

2018년 11월 11일

서재에서 이 채 곤